私有地

天野忠詩集

編集工房ノア

目次

扉絵　木村　茂
カバー装画・装幀　粟津謙太郎

私有地

quo vadis？

遠い親類にあたるお梅おばさんが
遠い遠い親類筋になるという
ポーランド人のお婆さんとやって来た。
ポーランド人のマリアさんは後家さんで
マリアさんの死んだ亭主は
満州国の小役人であったそうな。
ひとりぽっちのお金の無いマリアさんを

東京の（どこかにあると聞いた）
タダの養老院に引取ってもらうつもりで
世話好きで腎臓の悪いお梅おばさんが
これからはるばる連れて行くのだそうだ。
マリアさんは長細い凧のようである。
畳の上にレールを敷くように
陰気な針金のような足をゾロッとのばして
だんまりこくって　普通の顔をしている。
それでも
お梅おばさんが笑うときはホッと笑い
お梅おばさんが横を向くとチラと横を向いた。
日本語は分っているようでしかし話さない。

英語は分っていてすこしなら話せるらしい。
（亭主とは何語で喋っていたのかしらん）
――ポーランドはショパンの国
と英語でお愛想を言ってみたら
皺深い顔の奥の方に隠れたような
はしばみ色の眼が動いて
――ＯＨ！　と
むきだしの年寄りの声を押し出した。
――ポーランドはシェンキウイッチの国
　有名なクオ・ヴァディスを書いた………
調子にのってもう一つお愛想を言ったら
耳に手をあてて聞き直し　不審な顔をし

鼻をかすかにシュッと鳴らし
私にお愛想を返すつもりか
無理に口をほころばせて何も言わなんだ。
隣家との塀のくたびれた裾の方を
しずかにむしりとってきて
やっと焚きつけたぬるい目の
五右衛門風呂に入り
眼玉のうつるあたたかい雑炊をすすり
デザートには
とっておきのバナナの干したのを嚙じり
手持ち無沙汰な雑談を一寸して
それからお梅おばさんと

ポーランド人のマリアさんと
私と女房と息子二人は
雨の漏らない四畳半と
一ケ所だけしか漏らない玄関二畳に分れて
宵の内から雑魚寝した。
一九四八年の梅雨のあめが
しょびしょびと降っていた。
次の朝
おしっこの出が良くなったというお梅おばさんに連れられ
「サヨナラ」
と初めて日本語で言い　ほんのすこし微笑み
灰色の手を振って

長細い凧がゆらゆらと揺れるように
ポーランド人のマリアさんは
東京にあるという
タダの養老院へ発って行った。

美少女

——わが町 (一)

町の子供たちは
いつも洟をたらして　ときどき
キモノの袖口で拭いた。
町の大きな外科病院の女の子は
いつでも青白い顔をして
ひらひらした赤い洋服を着て

小さい靴をはいて
ビスケットの袋を持って立っていた。
子供たちの一隊は
ビスケットの袋のまわりで
賑やかにお喋りをした。
ビスケットを貰うと
せわしなく洟をすすりあげ
動物のかたちをした
　（どこか異人さんの匂いがする）
ハイカラで高級な菓子をほおばった。
食べてしまうと
いっせいに

キモノの袖口でいそがしく涙を拭き
草履や下駄の音を高く鳴らせ
土埃りをあげ
みんな遠くへ馳けて行ってしまった。
カラッポのビスケットの袋を持ったまま
青白い女の子は
いつでもひとりぽっちで残された。
涙をたらしたことのない
町一番の美しい顔をして……。

油屋

――わが町 (二)

季節の変り目ごとに
気がおかしうなるという油屋の後家さんは
うちの家の大家さんであった。
きれいなキモノをゆったり着て
ふところ手をして
朝の内からぶらりぶらりと町内を歩いたりした。

家賃の帳面と金二十一円とを持っていくと
きまって油屋の後家さんは
——坊《ぼ》んは幾つえ？　と聞く。
他人《ひと》から話しかけられると
直ぐ赧くなる性分の私は
先月と同じ答えを答える。
赤い顔をして
——十一歳。
——坊んは十一歳、罪も汚れものうて………
哀しそうな茶色っぽい眼をして
後家さんはじっと私を見る。
いつの間にか綺麗な赤い袖口から

白い腕がするりと滑るように出てきて
どこからか判こを出して
帳面にぺたんと押し　押しながら
いきなりにこにこして
――ほんにまあ、紅葉《もみじ》のような頬っぺたをして、
　罪も汚れものうて……
先月と同じことを先月と同じように
歌うようになよなよと呟いて
呟きながら寄ってくる……
赤くなったまま棒のように突っ立っている私に。
…………
帳面を持って帰って母親に見せる。

母親は帳面の判こをたしかめる。
――まだ気ィはたしからしうおすえ。
そして父親に見せる。
――そやなあ、ちゃあんと押したある。
安心して親達は
仕事机の上の
芸者の締める帯地にはらはらと金粉をふらせる。
一日中座り通しで働く箔置職人だったから。
母親の鏡台の前にソッと私は立っている。
油屋の後家さんの
あの白い冷たい掌が撫でていった頬っぺたを

紅葉《もみじ》のように美しい頬っぺたを見つめている。
罪も汚れもない顔をして。

息子

圧搾大豆のパンぎょうさん食べよって
腹を壊してたらしいんや
うちのばあさんもおんなしで
長いこと厠を占領してるもんやさかい
仕様がなかったんや
辛抱でけへんゆうて
半町ほど先の公園の共同便所まで

お尻《いど》押さえて走って行きよるのを
わしはこの眼で二階から見てたんや
しかもその恰好がおかしいちゅて笑いもって
見てたんやがな
そのときにいきなり警報なしに来よったんや
ビーやない　B29やなしにもっと小っこい奴
そいつがたった一つ
い、い、
てんごうみたいに落していきよった
共同便所直撃や
わしは二階から転げ落ちるし
ばあさんは厠で気絶してよったよ
共同便所は飛び散ってしもて何も残ってへん

糞も息子ももろ共や、かけらもない…………
…………
飄軽な奴やった
いま居たら四十幾つかになっとるんや
ときどき夢に見るんや
ちっとも年とらんと
夢の中でもニコニコしとるんや
なんでやろ、わしも息子とおんなしように
調子合わせて機嫌よう笑ろたりしてんのや
夢がさめてから
わしはそれが口惜しいて…………
ばあさんか

あれはまだ達者なもんやでー
口の方もや。

てんごう――ふざけはんぶん

ラク

手を合わせて拝んだり　お辞儀したり
泣いたりわめいたり唸ったり
せんど　せんど
たのまはるさかい
ラクにしたげたい一心で　心を鬼にして
たしかにあての腰紐でしめました。へえ………
そやけど

あての力では　このとしでっしゃろ
どないもこないも力にならしまへん。
よけい苦しんで喘いでよだれたらして　ほて
おじいさんは
恨めしそうな眼つきで　しんどいしんどいあの眼つきで
じいーっとあてをにらまはるのどすえ………
あてのほうかて
いきもでけへんほど
涙やら咳やら洟水やらが
いっしょくたに出てくるし
おまけに腰紐もったまま　どさーんと
ひっくりかえってしもうて起きられへんしまつや

かなしうて
なさけのうて
切のうて
あてはもう…………………

どないしたら
ラクになれまっしゃろ。
こない手を合わせてしんそこから
おたのみします。
どうぞ
おじいさんをすうーっと死なせてあげとくれやす。
神さんにも

仏さんにも
おねがいします。
ついでにあても
おねがいします…………。

事件

老人夫婦の小さな家へ
痩せた泥棒が入って来た。
――しずかに命は　といいかけて
――しずかにしていれば　と周章てていい直した。
――命はとらない
手旗信号みたいにまっ直ぐ
包丁を突き出した。

お腹《なか》からもぞもぞとあたたかい臍繰りを
おばあさんは
お守り袋ごと渡した（四千四百円ある）
受けとる泥棒の皺深い手がぶるぶる慄えた。
（わしよりも年寄りだ）
おじいさんは読んだ。
（うしろを向いたとき突きとばしてやれば
　こっちの勝ちだ）
…………
ぶるぶる慄えながら
ぶるぶるあとずさりして

痩せた泥棒は
背中をちょっと見せて出て行こうとした。
（今だッ） おじいさんは思った。
が立てなかった。
腰が抜けていた。

天国

――沈められた潜水艦から
　死体を引き揚げたことがある………

英軍の捕虜になって一年間
穴ばかり掘らされていた人が言った。

――苦しかったんやろ

ふんどしが糸屑みたいに嚙みちぎれてた………

あれを思うと穴掘りは天国やった
いまはもっと天国や

腹巻から　もそっと
「老人福祉無料乗車券」をつまみ出した。
――来月から有効や　と片眼で
にっこりした。

拝む

みんな拝みにいくと言っていた。
僕はチビだったから
一番前列にいた。
ぎあーっと烈しい号令が聞えて
いきなり
シーンとなった。
もうくると思って眼をつむった。

見たらつぶれるというので
もうええかと薄眼をあけたら
ピカピカ光る自動車の中の
ひげの人がこっちを見ていた。
長しょんべんのあとみたいな顔をして
みんなゾロリゾロリと帰った。
お天気が良うてよろしおましたなどと言っていた。
走って帰って僕は鏡台の前に座った。
眼は
つぶれていなかった。

新しい靴

お母《か》はんの位牌を持たされて
胸のあたりに
両手でしっかり持って
お坊《ぼ》さんの次ぎに歩いてた。
昨日天神さんの隣りの古手屋で
お父《と》っつあんが買うてきて呉れた新しい靴やから
靴ずれが直ぐできてしもうて

痛かった。
だんだん痛うなってくるんで
靴をひきずって
のろのろ歩いてたら
お母はんの棺桶とぶつかった。
かついでるお父っつあんが「阿呆ッ」と叱った。
それでも靴ずれが
ヒリヒリと痛いので
半分泣き泣き歩いてた。
泣き泣き
お母はんの位牌もって
足をひきずって歩いてたら

道ばたの
子供の手を引いた女の人が
「まあ、いとおしやなあ」
とつぶやいた。
お父っつあんが
「へえ」
と返事をした。

眠る人

——外国人と話す夢は近日中吉事あり
死人の蘇生する夢は災いくる前兆　（高島易断所夢判断）

チャップリンかと思ったが
レーニンであった。
すり足で寄ってきて
なつかしい舌を見せて言った。

——オヤ、もう

江戸からお帰りで御座いましたか

この人は食事のときに
ピチャピチャと音をさせるばかりか
夕方来て御飯を食べて
まだ何となく
じとーっと夜中まで居つく人だ。

――ハイ
でも私は神妙に答えている。
――昨日、早速
御所へ参じまして御座ります。

うすい草履が脱げそうになっていて
親指できつう押さえつけるようにして
ひきつけていて
ゆっくりゆっくり
私は
うぐいす色の闇の中へ
まるで余韻のように消えていくのであった。
どうやら私という人は
公卿であるらしかった。
貧しく由緒正しい顔をしていた。

犬と人

よく見えるところに
犬と印刷した札を貼っている家がある。
あれは押し売り除けの
或いは
泥棒除けのまじないかもしれん。
ある高級官吏の邸の門柱には

犬
犬
犬
と三枚も貼ってあった。

うちの近所に
年中洟風邪をひいている七十歳の
もと腕利きの特高がひとり
腰のふらつく老犬一匹と
ひっそり住んでいる。
半分傾いた表の戸の
黝んですっかり字も読めぬ表札の下にも

一枚貼ってある。

「犬」

よろしく

正月の餅を焼いていたら
いきなり
電話が鳴って
——あのひとが死んだ　と言う
風呂の中で………
ついさきの賀状の中で

あのひとは
迎春の下に華奢な右上りの字で
——本年もどうぞよろしく
と書いていた。
口数の賑やかなひとで
人一倍さびしがりやで
汗っかきだった。
七十七年を生きてきた。
（死よりも早く挨拶が来た）
——本年もどうぞよろしく

焦げる匂いがして

ひょいと
餅をかえしたのに
餅は
焦げていなかった。

幽霊の思い出

生れた家の
くぼんだ土の上の
風通しのよい厠から
幽霊は身仕度して出てくるので
夜更けには
じっと哀しいほど便意をこらえていた。

昼間の

しずかなひかりの中で
ひかりの捩じれた
ほんのやさしいあわいで
土の上で
ひょいと幽霊の子供を見たことがある。
泳ぐようなしんきろうになって
ゆっくり手足をのばしたり　嘗めたり
それはそれはやさしい仕草で
気楽そうにしていた。

ときどき
ぐにゃりとしたものを吐いた。

花

山桜のふとい枝が一本
ごろりんと
道ばたにころがっている。
土をいっぱい載せたダンプカーのお尻に
何べんとなくこすられ
こすられして
とうとう辛抱しきれずに

道ばたに倒れてしまったのである。
それでも春だから
ぼろぼろの胴体にくっついた
小枝の花は
まだチラホラと咲いている。
風が吹くと
チラリホラリとこぼれる。

それが非常に綺麗で困る。

舌

うちの小鳥が
あくびをした。
灰色の
しぼんだゴムのような
舌が見えた。
すこしねじれたように

くんにゃりと生えている　と
直ぐ小鳥は隠した。
止り木の端しまで行って
キッと
こっちを見た。

死ぬ二日前。

動物類

明るい禅寺の墓地で
いきなり
オマエと顔を突き合せた。
その刹那は
あたかも身心脱落に価いした。
オレとオマエは
完き藻抜けの殻であった！

一瞬のあと
もぐらは地の穴に跳び
オレは
他人《ひと》の墓にぺたんと尻を落した。
それから
およそ他愛ない顔をして
あたりの静寂を見た。

顔

大事なものを見とどけてから死ぬ
そんな顔をして
テーブルの隅で
オムライスを食べている。

だんだんからだが軽くなっていき
消しごむの端しでスーッと消されそうな

そんな瞬間に気がつく
アッ　便所の灯がついたままだ。

そんな顔をして
大根下ろしをすっている。
鰤の切り身を焼いている。
じゅりっじゅりっと
古い魚があぶらをしぼり出す……。

時間

私のとなりに寝ている人は
四十年前から
ずうっと毎晩
私のとなりに寝ている。

夏は軽い夏蒲団で
冬は厚い冬蒲団で

ずうっと毎晩
私のとなりに寝ている。

あれが四十年というものか……

風呂敷のようなものが
うっすら
口をあけている。

彼岸

どっちが先か
わしか
おまえか

そら
わしの早いのがええ
わしがすんでから

来てくれたらええ
いそがんでもええ
ゆっくりしてからでええ

それまでは
たのみます
……
なあ
ばあさんや。

早春

ひょいと
うぐいすが来て
小さな借家の庭で鳴いた。

新米だから
ホケ　ホケ

ホケ……………チョン　と
下手糞に鳴いていった。

じいさんは居眠りしていて
ばあさんだけが聞いた。

にんまりしている。

新年の声

これでまあ
七十年生きてきたわけやけど
ほんまに
生きたちゅう正身のとこは
十年ぐらいなもんやろか
いやぁ

とてもそんだけはないやろなあ
七年ぐらいなもんやろか
七年もないやろなあ
五年ぐらいとちがうか
五年の正身………
ふん
それも心細いなあ
ぎりぎりしぼって
正身のとこ
三年………

底の底の方で

正身が呻いた。

——そんなに削るな。

古い人

臭いのする寝巻のまま
一日中
きせる煙草をふかしていた。
膝の上にたらたらと水洟をこぼして
不思議そうに見ていた。

――きたない動物みたい

小声でそう言ったら
おふくろに抓られた。

その祖父《じい》さんの年まで
ずるずるずると生きのびてきた………

ときどき
声変りした孫がしずかに来て
うしろからそっと私を見ていく。
まだ
「きたない動物みたい」とは言わない。

路上

よく通る道で
よぼよぼした老人とすれちがう。
おや
あの人はまだ生きていたのか
と思う。
そしてホッとする
　（アレにはまだ間《ま》がある……）

よぼよぼした老人も
チョロリとこっちを見てしまう。
あの年寄りはこのワシよりも
ほんのすこし元気そうだな
と思う。
（でも、どっちが先か
知れたもんじゃない……）

それから
二人共
しずかな顔をして
歩いて行く。

優先席

「からだの不自由な人や
お年寄りのための」
バスの優先席に
腰かけている二人。

ソ満国境で

餓死した息子を焼いてきた人と

昨日の上天気に
枚方《ひらかた》の菊人形を見物してきた人と。

頭の上の吊りビラを見上げている。
眼を細めて二人とも
週刊誌の広告を読んでいる。

鈴

財布に鈴をつけている老女
猫と暮らしている
一人と一匹のしずかな家。

家を出るとき
老女は財布の鈴を握りしめて
ソッと戸を開けて出る。

うっかりして鈴が鳴ると
猫はどこまでもついてくるので。

家の前で
老女の帰りを猫は待っている。
姿を見ないうちは家へ入らない。

ソッと家を出た老女が
道で車の事故にあう。
そのまま病院に運ばれて死ぬ。

暗い家の前で

猫はいつまでも待っている。

向うで
かすかに鈴が鳴る。
うれしそうにすこし顔をあげて
猫は鳴く。

キモノを着た童女が
よちよちと歩いてくる。
紅い帯に小さな可愛らしい鈴をつけて
老女そっくりの
かすかな姿で。

鰈

親をにらむな
親をにらむと鰈《かれい》になるぞ
ある日あるとき
栄蔵は
ちょっとだが親をにらんでしまった。
それで
海辺の岩の上にうずくまって

冷たい海の水の中で
ひとりさびしく泳がねばならんと思うて
しくしく泣いて
しくしく泣いて　日が暮れて
海の中から
魚の声がした。

——鰈もいいよ。

大きくなって　だから
良寛は
詩人になってしまった。

カメラ

超能力の精巧なカメラで写すと
歩いている人の靴下の中から
まるで煙のように
湧き上ってくるものが見える、という。
ひょろひょろと立ち上り
もやもやと揺れて
そして消えるものが見える。

あれは
嫌な足の臭い
その臭いが見えるのだという。
超能力の精巧なカメラで写すと
考えている人の頭からも
まるで煙のように
湧き上ってくるものが見える、という。
ひょろひょろと立ち上り
もやもやと揺れては消え
またひょろひょろと立ち上り
もやもやと揺れては消え………
あれは心の姿が写るのだ、という。

いい心だったか
悪い心だったか
それは分らない。

童謡

息子の頭を撫でながら
痛いの痛いの　飛んでいけ
と
おばあさんが唱えたら
痛いの痛いのといっしょに
長患らいの息子も
飛んでいった。

おじいさんの腰をさすりながら
痛いの痛いの　飛んでいけ
と
おばあさんが唱えたら
痛いの痛いのといっしょに
長患らいのおじいさんも
飛んでいった。

それから
戸締まりをして
おばあさんは山へ
自分を捨てにいった。

好日

おじいさんと
おばあさんが
散歩している。
人通りのすくない公園裏の
陽のあたるおだやかな景色の中を。

おじいさんと

おばあさんが
うなぎ丼を食べている。
おじいさんがすこし残したので
おばあさんが小声でたしなめている。

おじいさんと
おばあさんが
鳩に餌さをやっている。
本願寺さんの広い庭で
坊さん同志が鉢巻きをして喧嘩した庭で。

おじいさんと

おばあさんが
夕暮れの景色を見ている。
「すこし寒いようだね」とおじいさんが言う
「ええ　すこし」とおばあさんがうなづく。

おじいさんと
おばあさんが
一つ蒲団の中で死んでいる。
部屋をキチンと片づけて
葬式代を入れた封筒に「済みません」と書いて。

私有地

五十五歳で
父は
卒中で倒れた。
額に大きな瘤をもっくりとつけて
いきなり死んだ。
水を打ったばかりの狭い庭石の上で。
河鹿笛が上手だった。

母は
長いこと寝たきりで
六十歳で死んだ。
畳のへりをさすりながら、熱い息をして
あのとき
私の方をしきりに見るふりをしたが
私は眼をそらせて
足をさすってばかりいて……

父の五十五歳も母の六十歳も
何の障りもなく

私はスーッと通り越してきたのだが。

いろいろなむかしが
私のうしろにねている。
あたたかい灰のようで
みんなおだやかなものだ。

むかしという言葉は
柔和だねえ
そして軽い……

いま私は七十歳、はだかで

天上を見上げている
自分の死んだ顔を想っている。

地面と水平にねている
地面と変らぬ色をしている
むかしという表情にぴったりで

しずかに蝿もとんでいて……。

他界まで

——待合所の椅子で一服

このYシャツは韓国製の丈夫な廉価品
それをサラリと着て
秋風に吹かれて
ソロソロと気もちよく散歩してきて
この区役所の待合所の固い椅子に
ふらりと

何となく一服している。
何の用もなしに
ステッキの上に小さなあごを乗せて
一寸世間を見ているいま
私は七十歳。
暮らし向きのいろいろのなかで
怒ったり悲しんだり昂奮すると
ものの肩が漢字風にこわばり
世間がにぶくなったものだ。
いまはその世間が馬鹿に明るく
まあ平仮名みたいにふわりと軽いのだが、
ゆっくりと実のある昼寝をしたあとの気もち。

アルハンブラ（地図のどこかでみた）のホテルで
ふと眼をさまして
もの柔かな手つきで
眼鏡を探している気もち。
落語に出てくるホラあの「浮世根問い」の
あの浮世の壁の向うを
どんどん歩いていく気もち。
どんどんと行って行って
とうとう無限へ出てしまう
そしてあたりの何かをやつれた手で
しずかにホッコリと撫でている
区役所の待合所のタバコの白い靄のなかで………

あの階段からゆっくりてすりをさすりながら
降りてくる女の役人
ああ　あれとそっくりのポーズで
きたない紐育の下宿の階段のてすりを
ゆっくりとさすりながら
降りてきた女優がいたっけ………。
そうだ、無声映画だ、原名は　ｋｉｃｋ　ｉｎ
日本ではそれが「文明の破壊」というのだ。
パート・ライテルという俳優が出ていたよ。
筒っぽの紺飛絣《かすり》を着ていた時分だよ。
あの哀しい女優の顔もパート・ライテルも
みんなすっかり忘れてしまったけれど

あれには
西洋のしっとりした人情の
もの哀しい余韻があったねえ………
何故　ｋｉｃｋ　ｉｎ　だったのかは分らないねえ。
日本ではそれが文明の破壊という名に変った
どうしてだかそれも分らないねえ。
おかしな題名だったよ　ｋｉｃｋ　ｉｎ
ｋｉｃｋ　ｉｎ
文明の破壊……ふふ　おかしいねえ
浮世根問いだっておかしいねえ
どんどん先へ先へ矢鱈に急ぐんだから
もうそこでおしまいというところから

まだ根気よくどんどん先へ先へ行くんだから
根問いだから
戸籍どころじゃないんだから
壁も垣も境界も海も山も地球も考えなしなんだから
紐育だってアルハンブラだって
区役所だって何だって
ｋｉｃｋ　ｉｎ　なんだから
文明の破壊なんだから
どんどん行きに行って
それから先はどうなる
無限にぶつかって途方に暮れて
ぼんやりめまいもして生きてきてこのとおりの七十歳

それから

………

混凝土《コンクリ》の床は冷えるねえ………。

「外事課はどこですか」
「二階のまん中ですよ」
区役所はいつ来てもいそがしいねえ。
待合所の中の灰皿をかきまわして
長いめの喫いさしの二三本をポケットに入れて
叱言をいいながらあたふたと出て行った老人がある。
長いとがった白い眉毛をして
折畳みの雨傘をもって

達者な足でどんどん歩いて行ったよ。
次ぎのどこか沢山人の集まる場所へ
どんどん歩いて行くのだろう。
日がな一日根問いみたいに
喫いさしのタバコを探して
達者な古い足で
折畳みの雨傘をもって
どんどん歩いて行くのだろう
k i c k　i n
k i c k　i n
文明の破壊
折畳みの雨傘もって……七十歳。

…………

…………

あの世は雨かも知れないねえ。

編集工房ノア刊著作一覧

『讃め歌抄』　（詩集）　一九七九年五月
『そよかぜの中』　（随筆集）　一九八〇年八月　（品切）
『私有地』　（詩集）　一九八一年六月
『掌の上の灰』　（詩集）　一九八二年八月　（品切）
『夫婦の肖像』　（詩集）　一九八三年九月
『続天野忠詩集』　（詩集）　一九八六年六月　（品切）
『木洩れ日拾い』　（随筆集）　一九八八年七月
『動物園の珍しい動物』　（詩集）　一九八九年一月　（品切）
『万年』　（詩集）　一九八九年二月
『春の帽子』　（随筆集）　一九九三年二月

＊

『耳たぶに吹く風』　（随筆集）　一九九四年十月
『草のそよぎ』　（随筆集）　一九九六年十月
『うぐいすの練習』　（詩集）　一九九八年二月
『天野忠随筆選』　（山田稔選）　二〇〇六年十一月

天野　忠（あまの・ただし）
一九〇九（明治四十二）―一九九三（平成五）
『天野忠詩集』（一九七四）無限賞
『私有地』（一九八一）読売文学賞
『続天野忠詩集』（一九八六）毎日出版文化賞

詩集私有地《しゆうち》
一九八一年六月一〇日第一刷発行
二〇〇七年三月一〇日第四刷発行
著　者　天野　忠
発行者　涸沢純平
発行所　株式会社編集工房ノア
〒五三一―〇〇七一
大阪市北区中津三―一七―五
電話〇六（六三七三）三六四一
ＦＡＸ〇六（六三七三）三六四二
振替〇〇九四〇―七―三〇六四五七
組版　株式会社四国写研
印刷製本　ＮＰＣコーポレーション

ISBN4-89271-008-3

表示は本体価格

天野忠随筆選　山田　稔選

〈ノアコレクション・8〉「なんでもないこと」にひそむ人生の滋味を平明な言葉で表現し、読む者に感銘をあたえる、文の芸。六〇編。　二二〇〇円

木洩れ日拾い　天野　忠

〔ノア叢書11〕富士正晴、長与善郎ら私の会った人。昔の傷、路地暮らし、老友、小動物、夢のこと、善人の死、など老いの風景、想いの時間。　一八〇〇円

春の帽子　天野　忠

車椅子生活がもう四年越しになる。穏やかな眼で、老いの静かな時の流れを見る。想い、ことば、神経が一体となった生前最後の随筆集。　二〇〇〇円

耳たぶに吹く風　天野　忠

「陽がよくあたっている子供の滑り台の上をスルスルと滑っている乾いた雑巾の夢を見た」古いノートから—と題し残された遺稿短章集。　二〇〇〇円

草のそよぎ　天野　忠

未発表遺稿集。「時間という草のそよぎに頬《ほ》っぺたを吹かれているような老年」小さなつぶやきに大きな問いが息づいている（東京新聞評）。　二〇〇〇円

万年　天野　忠

一九八九年刊（生前最後の）詩集。みんな過ぎていく／人の生き死にも／時の流れも。老いを絶妙の自然体でとらえる。著者自装。　二〇〇〇円

うぐいすの練習　天野　忠

一九九八年刊・遺稿詩集。連作「ばあさんと私」を含む、みずからの老いと死を見とどける、静かな夫婦の最後の詩集。詩人の完結。　二〇〇〇円